POÉSIES

PLAINTIVES

D'UN JEUNE DÉSERTEUR,

DÉTENU A LA PRISON MILITAIRE DE DAX ;

PAR L. AMOUROUX.

———

L'ÉNERGIE DE L'AMOUR MATERNEL.

Reconnaissance filiale.

A BORDEAUX,

Chez TH. LAFARGUE, Imprimeur-Libraire,

RUE DU PUITS BAGNE-CAP, N. 8.

—

1841.

POÈSIES

PLAINTIVES

D'UN JEUNE DÉSERTEUR,

DÉTENU A LA PRISON MILITAIRE DE DAX ;

PAR L. AMOUROUX.

———

L'ÉNERGIE DE L'AMOUR MATERNEL.

Reconnaissance filiale.

A BORDEAUX,

Chez TH. LAFARGUE, Imprimeur-Libraire,

RUE DU PUITS BAGNE-CAP, N. 8.

———

1841.

SE VEND UN FRANC,

Au profit d'une famille malheureuse.

POÉSIES PLAINTIVES.

VERS LÉGERS.

De ma prison , échappez-vous mes fers ,
Prenez l'essor à travers le grillage ,
Laissez-moi seul , tout seul dans l'univers ,
Oubliez-moi dans ce dur esclavage.

Mon faible luth , détendu sous ma main ,
N'a plus , hélas ! de corde qui soupire.
Salut , amis , liberté , ciel serein ;
A mes regards rien ne peut plus sourire.

Ma mère en pleurs , regrettera son fils !
Nul n'essaîra d'éloigner ses alarmes ,
Nul ne viendra consoler ses ennuis ,
Nul ne dira : « Mère , séchez vos larmes ».

Lauriers glorieux , flétris dans les prisons ,
Pour vous cueillir , je quittai ma patrie.
Et je n'aurai de vos nobles moissons ,
Que le regret d'avoir encor la vie.

LA GLOIRE,

Apparaissant à une Sentinelle se plaignant de son absence.

Le soleil, colorant le sommet des montagnes,
De ses rayons naissants éclairait nos campagnes,
Et semblait, en sortant du sein des vastes mers,
De son brillant éclat inonder l'univers.
Sous la voûte des cieux ne couraient nuls nuages,
Les oiseaux gazouillaient dans les riants bocages,
La nature en ce jour déployait sa beauté ;
Sous les parfums des fleurs l'air était embaumé ;
La brise du matin, de sa plaintive haleine,
Agitait mollement les arbres dans la plaine ;
En roulant dans les airs, palpitante d'amour,
La gentille hirondelle annonçait son retour ;
La rivière, à nos pieds glissant son onde pure,
Fuyait languissamment avec un doux murmure.
Tranquille alors ; veillant du haut de nos remparts,
Rarement au lointain je portais mes regards.
En vain le rossigol de sa voix mélodieuse,
Soupirait lentement sa plainte harmonieuse,
En vain le laboureur de sa vieille chanson
Confiait le refrain à l'écho du vallon ;

Toujours dans la douleur mon âme était perdue ,
Et mes lèvres tenaient ma plainte suspendue.

. . . .

. . . .

Voilà quatre printemps que je sers mon pays ,
Sans avoir vu briller le fer des ennemis ,
Et pourtant j'ai promis des lauriers à mon père ,
Oh ! me recevra-t-il sans eux dans la chaumière !
Nos soldats attristés ; languissant dans la paix ,
Semblent depuis long-temps n'être plus des Français ;
Ils ne s'élancent plus de conquête en conquête ,
On ne voit plus marcher la victoire à leur tête ;
Nos mains avec douleur emploient nos étendards
Qui , jadis glorieux , flottaient de toutes parts.
Ah ! l'on ne nous voit plus , amants de la victoire ,
Et combattre et mourir pour quelque peu de gloire ,
Mais que vois-je , grand Dieu ! qui brille dans les airs ,
De tout côté paré de mille éclats divers !
Est-ce la renommée aux cent bouches ouvertes
Qui nous vient prévenir de nous tenir alertes !
Ou bien c'est Jupiter , sur son char lumineux ,
Qui vient pour soulager des mortels malheureux !

Avec rapidité, je le vois , il s'avance ,
Quelques instants après il est en ma présence.
O dieux ! c'était la Gloire avec tous les héros ;
Assis à côté d'elle , honorable repos ;
César était à droite avec le sage Ulysse ,
Qui faisait de sa vie le noble sacrifice :

Annibal , Scipion , ces adroits généraux ,
Recevaient dans ce char le prix de leurs travaux.
Mes yeux , qu'éblouissait cette troupe héroïque ,
Cherchaient à pénétrer dans ce char magnifique :
Ils virent même assis le grand Léonidas ,
Qui tenait par la main cet Epaminondas
Qui laissait , disait-il , deux victoires pour filles ,
Qui vaudraient pour le moins deux illustres familles.
Le brave Duguesclin tenait aussi son rang ;
Condé lui souriait à côté de Vauban ,
Et Turenne et Villars , ces héros de la France ,
Regardaient la Castille d'un air plein d'arrogance.

Mais , du milieu du char , la Gloire se leva ,
Parmi tous ces guerriers parut avec éclat ;
Et de nobles lauriers , de l'honneur le vrai signe ,
Entouraient à la fois sa tête magnanime.
Puis, s'adressant à moi, d'un air plein de grandeur ,
Me dit en souriant : Réprime ton ardeur ,
Si Philippe , ton roi , paraît régner tranquille ,
Le courage à son cœur n'est pas si indocile ,
Car ce fer dangereux qui brille dans tes mains
Ira vomir la mort en des pays lointains.
Vous bénirez alors sa bannière royale
Qui montrera à tous sa marche triomphale :
Le héros que l'on met au rang des demi-dieux
Saura conduire aussi nos drapeaux victorieux ;
Et le montrant du doigt dans son char magnifique ,
Me fit apercevoir le plus heureux physique :

C'était Napoléon , dessous un dais assis
Tenant entre ses bras un jeune roi , son fils ;
Il lançait vers la France un gracieux sourire ;
Disant avec orgueil : « Le voilà mon empire !
La Déesse , à ces mots , s'envole dans les airs ,
Quittant pour quelque temps le sol de l'univers ;
Et moi tout ébloui de sa magnificence ,
Je m'écriais joyeux : Vive, vive la France !

POÉSIE FUGITIVE

SUR UNE JOLIE PETITE VILLE DU DÉPARTEMENT DE LOT-ET-
GARONNE, SITUÉE SUR UNE HAUTEUR QUI DOMINE UNE PLAINE
DE TROIS LIEUES,

Qui croirait qu'un soldat , qu'un noble zèle inspire ,
Offrît à son pays les accords de sa lyre ,
Oh ! mon pays natal , superbe Monflanquin ,
Avec le même orgueil qu'un valeureux Romain
Fier d'avoir pris naissance aux pieds du Capitole ,
Pour parler de tes murs j'ai toujours la parole.
Que je me plais auprès d'un jeune et tendre ami ,
A qui , avec plaisir , sans lui causer d'ennui ,
De tes belles maisons je dépeins la structure ,
Tes environs charmants tout couverts de verdure ,
Surtout tes promenades avec ces beaux ormeaux
Dont la cime frémit sous tes cieux toujours beaux.

Qui verrait sans plaisir ce modeste Parnasse,
Qui, sans être habité par Homère ou le Tasse,
Offre l'éclat brillant de l'éclat du soleil,
Son front majestueux, qui forme un arc-en-ciel,
S'élève avec fierté vers la voûte étoilée.
O toi, dieu des beaux arts ! ô muse bien aimée,
Cède à mes faibles vœux, pour chanter mon pays,
Ses bois et ses ruisseaux, et ses arbres fleuris,
Ainsi que ses châteaux, ses maisons de campagnes,
En y joignant aussi ses superbes montagnes,
Une verte prairie ou un riant côteau,
De ma belle cité pour en faire un tableau.
Quand l'astre a commencé sa course vagabonde,
Ft qu'il vient éclairer la surface du monde,
Que ses rayons dorés traversent tous les bois,
Surprennent en ce jour nos joyeux villageois ;
Du sommeil aussitôt s'arrachent avec peine,
Éveillés par les chants des oiseaux de la plaine.
La nature renaît, c'est l'heure du réveil ;
La fleur s'épanouit aux rayons du soleil,
Des larmes du matin la prairie arrosée,
En étincelles d'or fait briller la rosée,
Sous les ombrages frais aux bords des clairs ruisseaux
Dont l'onde en serpentant fait gémir les roseaux,
Sur le bord de son nid, la colombe plaintive
Mêle son chant d'amour au doux bruit de la rive.
Sur l'aubépine en fleur, aux premiers feux du jour,
Le chantre des forêts exhale tour-à-tour
Les sons mélodieux de son gosier flexible,

Tantôt son chant plaintif, monotone, insensible,
En longs gémissements semble se prolonger......
Tout-à-coup il se tait ! Soudain vif et léger,
C'est l'hymne du bonheur qu'il s'apprête à redire,
C'est l'accent du plaisir que son gosier soupire,
Un chant tout inondé de délire, d'amour,
Qu'il exhale et confie aux échos d'alentour.
Par ses accords divins mon âme est attendrie,
Mon cœur s'émeut alors, et soudain je m'écrie :
Oh ! quand verrai-je donc à l'horizon lointain,
S'épanouir pour moi l'aube d'un jour serein.
Oui, quand pourrai-je donc, campagnes si riantes,
Dans vos vallons touffus, aux cîmes ondoyantes,
Respirer à la fois, sous vos ombrages frais,
Le parfum de vos fleurs, le bonheur et la paix.
Quand pourrai-je, oublié, loin du fracas des armes,
Sous le toit paternel fuir des jours sans alarmes,
Et savourer eufin pour consoler mon cœur
Après de mauvais jours, quelques jours de bonheur.
Quand pourrai-je ?... Pourquoi ces riantes pensées
En de songes heureux si doucement bercées ;
Pourquoi tant espérer d'un avenir lointain ?
Demandez-nous pourquoi ? c'est que j'en suis certain,
C'est que je sens glisser dans le fond de mon âme
Un rayon de chaleur qui m'anime et m'enflamme ;
C'est que je vois briller au loin dans l'horizon
Un feu consolateur, phare de ma raison ;
C'est que j'entends frémir à travers ma souffrance
Une voix qui me dit : Espérance ! espérance !...

. . . .

Oh, venez avec moi au bord d'une onde pure,
Qui porte dans son lit, creusé par la nature,
Le cristal de ses eaux coulant avec lenteur :
Sous un jeune peuplier, près d'un saule pleureur,
Là, mollement assis à l'ombre du feuillage,
Qui de la solitude est la parfaite image,
Nous pourrons à loisir contempler l'alentour
De ce pays charmant, de délice et d'amour :
Nous verrons le paysan de ces fertiles plaines,
Paraissant insensible à ses travaux, aux peines,
Avec sa faulx tranchante enlever la moisson
Et puis la transporter dans son humble maison.
Un troupeau de moutons, là-haut sur la colline,
Qui, comme Monflanquin, tout le pays domine,
Du temps de l'âge d'or nous présente une idée,
Mais tout-à-coup un bruit nous ôte la pensée.
Du temps trois fois heureux où le simple mortel
Ne suivait que la loi du puissant éternel,
Un moderne Esaü, chasseur impitoyable,
Cherchant à augmenter le luxe de sa table,
Vient de donner la mort à un très-beau faisan,
Apporté par son chien encore tout sanglant.
Quand l'astre a parcouru la moitié de sa course,
Que le vaste Océan remonte vers sa source,
L'habitant de ces lieux, aux heures de loisir,
Dans de belles allées où souffle un doux zéphir,
Tout en donnant le bras à sa tendre compagne,
Il peut apercevoir ses riantes campagnes,

Avancer ses ouvrages , diriger ses travaux ,
En goûtant sous ces arbres un délicieux repos.
Quand ce même soleil , cette clarté divine ,
Vous donne à l'horizon la couleur purpurine ,
Qu'il va jeter ses feux dans le sein de Thétis ,
Et qu'il cède la place au bel astre des nuits.
A l'heure où dans les champs règne un profond silence,
Que ne puis-je en ces lieux , troublés par ma présence,
Sous un chêne agité par le tendre zéphir ,
En te voyant au loin m'enivrer de plaisir ?.
Surtout quand le rayon de la lune brillante ,
Réfléchit sa clarté dans une eau transparente.
Que dis-je , en ce moment , qui trouble mon esprit ?
Est-ce bien un soldat qui parle , qui le dit ?
Moi , je regretterai mon pays pour la gloire !
O Clio trop fidèle ! ô temple de mémoire !
Efface donc ces mots que me dicta l'amour
Que j'eus pour le pays où j'ai reçu le jour.
Le métier dont je fais le noble apprentissage ,
Te prouvera bientôt que mon noble courage
N'oublie ni son Roi, ni ces serments sacrés
Qui parmi nous, soldats, sont aussi bien gardés.

   Adieu , trois fois adieu , la plus belle des villes ,
Où l'heureux citoyen coule des jours tranquilles ;
Quand mes sermens sacrés ne me retiendront plus ,
Que tous les ennemis par nous seront vaincus ,
Alors je reviendrai , récitant les conquêtes
Que vous aurez déjà célébrées par des fêtes.
   Adieu.

ESPÉRANCE.

Quel bruit ai-je entendu ? quelles voies inconnues
Ont porté l'espérance en mon cœur attristé ?
C'est une voix du ciel, un chant tombé des nues,
    C'est un hymne de liberté.

Liberté ! .... Ton saint nom tout d'amour et de flamme
    Energique et fort, a vibré,
Oui je sens pénétrer dans le fond de mon âme,
    L'étincelle du feu sacré.

Captif ! brise tes fers ! éloigne tes alarmes,
    Voici venir l'heureux instant....
Et ma mère inondait de baisers et de larmes
    Le pâle front de son enfant.

Maintenant je suis libre et vais revoir encore
    Les lieux témoins de mes amours,
Ces lieux si doux où la naissante aurore
    Brilla sur mes premiers beaux jours.

Je vais revoir les sentiers de l'étroite vallée
Où se penchant vers moi quelques soleils joyeux,

Versèrent leurs rayons sur mon âme isolée,
    Portant le bonheur avec eux.

Peut-être maintenant, ô ma mère adorée,
Serai-je tout entier à tes embrassements ;
Près de toi, loin du monde où tu vis ignorée,
Peut-être, irai-je un jour consoler tes vieux ans.

A SON PÈRE.

O guerrier ! lorsqu'une noble vaillance
Dévore ton fils et qu'il s'élance
    Le front baissé dans les combats,
    Lorsque plein d'une ardeur guerrière
    Il se jette dans la carrière
    Et court au-devant du trépas,
    Peut-on alors flétrir sa vie ?
    L'homme est-il traître à sa patrie
    Quand du sort il brave les coups ?
    Sous quelque drapeau qu'on se range,
    La gloire ! n'est-ce pas un ange
    Qui toujours doit veiller sur nous ?

AU GÉNÉRAL HARISPE.

Merci de vos bontés ! vous écoutiez ma mère ,
Alors que dans les fers je gémissais captif.
Mais l'âme d'un soldat est une âme de père ;
Son cœur vibre toujours à chaque son plaintif.

Vous avez eu pitié d'un enfant de la France.
     Qui , fier de ses aïeux ,
    Conserve en son cœur l'espérance
    De combattre et mourir comme eux.
Oh ! puissions-nous un jour sur nos vastes frontières
Voir accourir du nord les légions étrangères ,
    Faisant flotter leur étendard.
Puissé-je , ô vieux soldat , vous montrer mon courage ,
    Puissé-je au milieu du carnage
    De mon corps vous faire un rempart !

CONSTANTINE.

CRI DE GUERRE.

Le ciel est noir... la foudre gronde,
Le boulet brise les remparts,
Entendez-vous de toutes parts
Cette voix sublime et profonde ;
Entendez-vous cette voix retentir :
Français, il faut vaincre ou mourir...

Mais le canon rugit et tonne,
La grêle des balles frissonne
Et passe comme un vent d'automne
Glissant sous les chaumes flétris.
La flamme éclate, tout ruisselle
Et jaillit comme l'étincelle
Qui brûle et dévore autour d'elle
Semant la terre de débris.

Voyez-vous l'Arabe farouche,
Le blanc yatagan dans la bouche
Jeter du haut de ses remparts
Avec l'insulte sa colère ;
Voyez-vous flotter sa bannière
Et les crins de ses étendards.

Soldats ! ... à l'assaut qu'on s'élance...
Ecoutez ce cri retentir :
Fils de la France !
Vengeance !
Il faut vaincre ou mourir...

La Mère du jeune détenu,

A M. DE MORENCY,

CURÉ DE LA PAROISSE DE DAX.

D'un cœur reconnaissant reçois le faible hommage,
O toi dont le Seigneur est l'unique partage !
Prêtre saint, bon Pasteur,
Qui d'un troupeau chéri ne veux que le bonheur :
Tu soulages le pauvre en sa grande détresse,
Et sur tout malheureux se répand ta tendresse.
Est-il un orphelin qui n'ait en toi un père,
La veuve un soutien et l'affligé un frère ?....
— Mais ce n'est pas assez que dire tes vertus ;
Il faut te désirer le bonheur des élus....
Le Dieu qui t'a donné tant d'amour pour tes frères
Ecoutera mes vœux, exaucera mes prières.
Et, un jour, l'indigent qu'aidèrent tes bienfaits,
Viendra te recevoir au séjour de la paix.

FIN.

BORDEAUX. IMPRIMERIE DE TH. LAFARGUE.

www.ingramcontent.com/pod-product-compliance
Ingram Content Group UK Ltd.
Pitfield, Milton Keynes, MK11 3LW, UK
UKHW020120100726
13658UKWH00005B/2277